且将新火试新茶
诗酒趁年华

茶韵诗语

CHAYUN SHIYU

冼冠华 著

SPM
南方出版传媒
广东人民出版社
·广州·

图书在版编目（CIP）数据

茶韵诗语 / 冼冠华著. —广州：广东人民出版社，2022.1（2023.1重印）
ISBN 978-7-218-15679-8

Ⅰ. ①茶… Ⅱ. ①冼… Ⅲ. ①格律诗—诗集—中国—当代 Ⅳ. ①I227.7

中国版本图书馆CIP数据核字（2022）第003316号

CHAYUN SHIYU
茶韵诗语

冼冠华 著

出 版 人：肖风华

责任编辑：汪 泉
特邀编辑：钟 菱
封面题签：刘 蒙
绘 图：庄慧慧
封面设计：鲁凯林
责任技编：吴彦斌 周星奎

出版发行：广东人民出版社
地 址：广州市大沙头四马路10号
（邮政编码：510199）
电 话：（020）85716809（总编室）
传 真：（020）83289585
网 址：http：//www.gdpph.com
印 刷：河北飞鸿印刷有限责任公司
开 本：890毫米×1240毫米 1/32
印 张：9 字 数：100千
版 次：2022年1月第1版
印 次：2023年1月第3次印刷
定 价：68.00元

序

好诗！

凡是好诗，自有《诗经》以来，大家都会用这样一句话赞扬它“好诗，言志！”我读了冼先生的诗就是这种感觉！这本诗集里有两三百首绝句和律诗，无一不言志，我可以从中窥见他把多年心中的诗情画意细微之处记录了下来，如果大家肯像我一样大声地吟诵一两首，你就可以从声律之中感受到作者的清新文气，它像清泉一湾，又像清风，可以涤荡你的心灵……

冼先生喜爱饮茶，他在一首七绝里写道：“篱外欣欣野草花，闲来小舍试新芽。烟笼淡月如仙境，且尽卢仝七碗茶。”他把你从陶渊明的东篱下带去与东坡先生试新茶，又把你从烟笼淡月的江南带去与唐朝隐士卢仝品茶，感悟人生妙境。大声朗读，琅琅上口，其意其境自见。

我希望所有的读者都能和我一样，喜欢冼先生的诗。

刘　蒙

2021年10月26日于广州

诗词的精神力量

近年，中央电视台《中国诗词大会》这顿文化大餐，让观众获得了满汉全席般的精神享受，从中也领略到了诗词之美。

优美的诗词之所以千古传诵，一是它短小精炼，易诵易记；二是它富有韵律，琅琅上口；三是它气象万千，蕴含磅礴的精神力量。先看看，“岂曰无衣，与子同袍”，“青山一道同云雨，明月何曾是两乡”，“山川异域，风月同天”。2020年春，新冠疫情防控期间，这些诗句，给全国人民战胜疫魔以强大的精神力量。

唐永贞革新失败后，柳宗元被发配到湖南永州，在极度困危中写下了“千山鸟飞绝，万径人踪灭”；但他又能在绝境中救赎精神自我，写出了“孤舟蓑立翁，独钓寒江雪”，在这种精神力量的支撑下，还写下《永州八记》等千古名篇，成就了唐宋八大家的盛名。唐刘禹锡经历两次贬谪共23年，相当于时下公务员大半生的职业生涯，可谓不堪回首，但他并未因此颓废，写下励志名句“沉舟侧畔千帆过，病树前头万木春”，后官至尚书。参加《中国诗词大会》的农村妇女白茹云，罹患淋巴癌，家境十分贫寒，弟弟自小脑中长瘤，一发作就痛不欲生。她为了安抚弟弟，就给他念诗，诗就像清风良药，减轻了弟弟的痛苦，也拓宽了她人生境界，塑造了精神自我。再看看，“路漫漫其修远兮，吾将上下而求索”，于楚有功却被流放汉北的屈原；“草木有本心，何求美人折”，从宰相被贬到荆州任长史的张九龄；“长风破浪会有时，直挂云帆济沧海”，被迫离开长安的李白；“至今思项羽，不肯过江东”，不忍家国流变的李清照；“人生自古谁无死，留取丹心照汗青”，视死如归的文天祥；“粉骨碎身浑不怕，要留清白在人间”的救时宰相于谦；“千磨万击还坚劲，任尔东西南北风”，誓不卖画给污吏奸商的郑板桥；“砍头不要紧，只要主义真”，为真理甘洒热血的革命先烈夏明翰……这些耳熟能详的人物，都是用诗词塑造精神自我、践行正道的典范。毛泽东主席曾建议女儿李讷、李敏读《古诗选本》，通过诗词感受古人的精神世界；南京师范大学郦波教授说过，历代前贤、志士仁人，莫不是从诗词中塑造精神自我，才成就了千古传颂的人格魅力。

有相当一个时期，人们认为诗词没什么用，大概是因为它不能让人一夜暴富。如果以能否创造财富来衡量一部作品的价值，那诗词还真没什么用。所幸，素质高端、思想深邃、格局宽广的人，他们坚信诗词的精神价值，坚信诗词能激发人的意志、救人于困惑沉沦之中。

当得意忘形时，它会警示你：莫道君行早，更有早行人。

当失意颓废时，它会提振你：雄关漫

道真如铁，而今迈步从头越。

当迷茫无助时，它会鼓励你：把酒酹滔滔，心潮逐浪高。

当畏惧动摇时，它会安慰你：谁怕？一蓑烟雨任平生。

当消极萎靡时，它会拍醒你：大鹏一日同风起，扶摇直上九万里。

诗词，是抚慰心灵的良药，是滋养灵魂的养料，是塑造精神的力量。

诗词，有庞大的精神动力！

冼冠华

2021年10月2日于品墨轩

目录
content

七言绝句

五言绝句

七言律诗

五言律诗

七言绝句

题贵记茶园

静夜客来茶胜酒，
红炉烟白入陶杯。
珠江意韵随诗语，
漏尽壶空不肯回。

二沙岛是网红打卡地，珠水波光潋滟，岸边绿树婆娑，行人络绎逍遥，茶园诗语缱绻。

小舍茶香

篱外欣欣野草花，

闲来小舍试新芽。

烟笼淡月如仙境，

且尽卢仝七碗茶。

唐人卢仝七碗茶歌：一碗喉吻润；二碗破孤闷；三碗搜枯肠，唯有文字五千卷；四碗发轻汗，平生不平事，尽向毛孔散；五碗肌骨清；六碗通仙灵；七碗吃不得也，唯觉两腋习习清风生。

茶韵里含有人生哲理。

广州初春

二月花城皆美颜，
深红浅黛绝凡间。
沿街次第出新意，
不让游人得少闲。

初春的花城，美得令人窒息。沿街而行，一步一景，新意层出不穷，游人都没时间停下脚步。

珠江新城

沼泽裁成绿一坡，
芳茵曲径内涵多。
诗人吟兴何须表？
过往江潮亦放歌。

美丽的珠江新城！20年间，从一个满身泥污的顽童，长成了秀外慧中的少女。多少人为你着迷，多少人为你歌唱！

故乡怀旧

人生何处最逍遥，
故土馨香草未凋。
躺看星辰云上过，
任由蟋蟀叫通宵。

每次回到故乡，都仿佛回到了童年，忘却了工作的烦恼与生活的压力。躺在禾草上看星星，是童年最放松最惬意的事。

劲　松

铜肌铁骨立危峰，
雨打霜欺不改容。
未向红尘争寸宠，
长枝如戟指苍穹。

劲，是一种生活态度，是建安风骨；松，是一种生活形象，是外化于行的人生观。

致敬英烈

滔天恶浪浸津门，
六亿神州失自尊。
战死沙场君不悔，
古今日月照忠魂。

羸弱的母亲，受尽凌辱蹂躏。剥她衣服，伤她肌体，玷她贞操，夺她钱财……1900年5月28日，25811个强盗，犯下了滔天罪恶！从此，母亲处在了水深火热之中。为拯救母亲、保护母亲，她的子女，用血作墨、用躯作笔，在49年里书写了无数可歌可泣的故事。

华夏不可辱

剑意流寒夜斩天，
巨人横腿立穹前。
洋氓未可轻吾族，
纵有同盟亦枉然。

当下政通人和，国运隆盛，我辈应胸怀国之大者，团结御敌，坚定复兴信心。

洋氓指欧美反华势力。

题新娘

新妇初妆出镜心，
眉梢颊影起娇云。
洞房昨夜忆情景，
羞涩还多十二分。

旅游，没人愿意留下遗憾；人生，是一程旅游，应当做个完整的人，女孩应为人女、为人妻、为人母；男儿应为人子、为人夫、为人父。这样，才不负到此一游。

西关风情

人间何处觅琅琳？
试向西关巷里寻。
老碟铜砧传古韵，
恩宁永庆赋佳音。

恩宁路、永庆坊是广州古城西关著名的网红打卡地。广彩、广绣、粤剧……一条条老街，一间间老店，仿佛一幅徐徐展开的古画，使古城留下了美好，让人们记住了乡愁。

与奋斗者共勉

碧海蓝涛直涌天，
孤帆远渡枉无边。
中年心事如残卷，
知否谁人著续篇？

修行，是孤独的，是痛苦的。奋斗，是一场修行。华为人说，每天只工作8小时，只能产生普通劳动者，不可能产生音乐家、科学家、工程师。只有全身心投入，苦心孤诣，才会成为佼佼者。

附：

张志君步韵

曾经立志揽云天，
怎奈人微远日边。
今已风烛难逞勇，
信有贤才续新篇。

祝金榜题名

穷心苦诣上天台，
玉殿宫门已打开。
折下丹枝成巨臂，
誓将明月抱归来。

舜发于畎亩之中，傅说举于版筑之间。成功不是偶然的，必然要先有艰辛的付出。

贺东华中学学子

直上天宫踏玉墀，
吴刚置酒宴穹陲。
月中丹桂连根起，
不许他人折半枝！

东莞东华中学的学生刻苦奋发，鲜有比肩者，每年高考皆很出彩。每个人都有梦想成真的机会，只要肯为梦想多付出一点努力。

天香赞

冰雪为妆玉作裳，
翠微深处一枝香。
只同月桂相依伴，
不与凡芳较短长。

三八妇女节，写给所有女神。

与落榜者共勉

又见一年放榜时，
几家欢喜几家悲。
书山未足阳关道，
蹊径通衢亦可期。

世上没有断头路！高考并非唯一出路。古今中外无数大成者已用实际行动，诠释了小路蹊径也能到达人生的巅峰！

夏夜蜜语

淡夜稀萤数点流，
萧疏云影月弯钩。
窗灯未闭传娇语，
许下甜言一大兜。

甜言是一种人造糖，它的分子式是$C_8H_{18}O_8$。发觉了吧，它比蜜糖（$C_6H_{12}O_6$）复杂一些，也甜一些。不过啊，它可能是有毒的哦。

梦见故人

昨夜依依到梦中，
欢怡还似去时浓。
情深何惧天涯远？
空有相思又不同。

据说，最便宜的约会，是梦里的约会，半筒爆米花都不用。不过，有时眼泪是要一些的。

风　暴

一场怒雨濯沙洲，

直过伶仃拍铁舟。

踏碎洪涛三万里，

扯来雷电作长矛。

风暴，是大自然宣示的威力。

题小草

贴贴田田遍九州，
帝王见我亦低头。
何须与树争高矮，
漫向荒原置绿洲。

每个人都与众不同，每个人都有自己的位置，一如天空属于大树，荒原属于小草。大树装饰天空，小草点缀荒原。

平民英雄

不着戎衣着布衣，
有家仿似冇家归。
红尘万里无人识，
大事临头定是非。

崇尚英雄才能产生英雄，学习英雄才能成为英雄。

游虎门炮台有感

欲挂吴钩直向东，
伶仃水浊浪声隆。
男儿当上凌烟阁，
磨砺青春化彩虹。

责任，是任何社会一个有价值的人的基本内涵，人们需要用责任来证明自己存在于社会的价值。男儿，应胸怀国之大者，以家国为己任。凌烟阁是唐太宗李世民为表彰功臣而修建的高阁。

渔家豪情

滚滚心潮逐浪高，
渔家铁胆入汹涛。
不曾理会波澜恶，
天网恢恢捉巨蛟。

1965年5月下旬，毛泽东重上井冈山，想到当年风雷激荡，现在莺啼燕飞，感慨美好生活必须靠不断奋斗勇于登攀，写下了“可上九天揽月，可下五洋捉鳖”。人要有上天入地的胆魄。

梦上边塞

青萍欲动乱尘飞，
且把天云作黼帷。
十二阑干频拍遍，
吴钩冷影缀征衣。

每一个男人都有一个当兵的梦，保家卫国是他天职。青萍，语出楚国宋玉的《风赋》，指事物发生之处。

青春誓志

岂把青春逐逝川，
宜将志矢扣强弦。
瑶台华桂芬芳日，
掣斧驱龙上九天。

青年强则国强。青年不虚度光阴，敢于争先进位，敢于攻坚折桂。青年是每一个时代的鲜明印记，是实现中华民族伟大复兴的先锋力量。

毕业季

笺上留诗话别愁，
从兹各自往他州。
凭栏莫望珠江道，
惹起相思尽水流。

离别的滋味，真正是从毕业季开始的。甜的咸的苦的辣的，统统都要打包放入行囊带走，有些值得一生回味，有些不堪回首。不管喜欢不喜欢，这些全都是自己的。

题吾乡马兆（一）

野静邻和早稻青，
边江意韵满芳庭。
休言村里是非少，
鸡鸭争锋不肯停。

新农村建设，吾乡一派和睦安宁，村民互助互敬，只有庭院里的鸡鸭争风呷醋，吵个不停。

题吾乡马兆（二）

重阳日暖水生烟，
卸轭黄牛赛九仙。
雨顺风调新气象，
稻花香里话丰年。

在农村，要说谁最辛苦，恐怕非得算那头老牛了。有牛，才有丰年的念想。重阳之后，耕牛得以休养生息，比神仙还清闲。

题吾乡马兆（三）

边江雨水渡云来，
今日辽阳旧土台。
几度轮回终有报，
菜花相伴菊花开。

我乡的菜花，本不该和菊花同时绽放，但凡事都有例外。或许，它们已经努力了几辈子；又或许，缘分到了，就什么好事都会发生。

题吾乡马兆（四）

禾青水秀映春朝，
野旷云闲透碧霄。
不羡他乡风景美，
自家村口更妖娆。

村口就是绿稻，屋边就是美景。早上，禾叶会挂上几滴露珠；夜晚，轻风会送来几缕稻香，让人沉醉，忘却忧愁。

题吾乡马兆（五）

日烈云疏水不波，
谁家媳妇正锄禾。
盘中丰俭凭天意，
未许秋收有几多。

农作收成与气候息息相关。记得有一年夏天，一场飓风裹挟暴雨，将熟稻全部吹倒伏沤。那是农民的心头痛！

题吾乡马兆（六）

白鹭乘欢逐晚霞，
雏鹅饱食欲还家。
牧童斜笠横牛背，
村妇偷空挖地瓜。

平常的乡村，平常的乡村生活。这种平常，却是很多人的向往。

题吾乡马兆（七）

蔬瓜稻菽暗飘香，
惹得行人欲颂扬。
手上无诗心上有，
篇篇意境似秋光。

喜看稻菽千重浪，遍地英雄下夕烟。选择丰收时节回乡下，必有一种好心情。

题吾乡马兆（八）

又见村姑忙补苗，
边江绿野最妖娆。
此时正是秋如虎，
烈日当空似火烧。

晚造插秧后，雨季即到，会浸死一些秧苗，需要补秧，这基本是村姑、媳妇和老人的活，因为农忙后青壮劳动力已进城务工。

题吾乡马兆（九）

村边漫步听虫声，
恰到中秋月最明。
野垌一支苞欲放，
无人识得是何名。

月上时分，村边的稻田，夜风摇曳着含苞的稻穗，格外撩人。

题吾乡马兆（十）

天然虾蟹自然风，
农野车间确不同。
息作皆凭喜好定，
无需日日怕监工。

建成小康社会，农村的交通、卫生、饮水、排污等生活设施、村容村貌和城镇区别不大。但农村空气好啊，农活自由啊。

题吾乡马兆（十一）

小酌初停薄酒杯，
轻摇葵扇上天台。
边江村外寻常夜，
十里荷风送月来。

故乡，是一座亘古不变的心灵坐标，那里有最在乎的亲人，有最熟悉的景物，有最喜欢的味道。

题吾乡马兆（十二）

雨过边江天渐晴，
牧童缩裤学机耕。
老牛已放东坡外，
此后应无竹笛声。

农村已进入半机械化半现代化时代，机耕代替了牛耕，解放了很多青壮劳动力参加城市建设和工业制造业，助推2025中国智造。

题吾乡马兆（十三）

雨后湿云尚满天，
邻家叔婶已耕田。
衣沾泥水秋连夏，
换得收成几贯钱？

世上所有的人，都是农民养活的。农民不退休，也没有节假日，几十年如一日地劳作，但收入却是差强人意。

题吾乡马兆（十四）

蜡蔗清凉染露莹，
江潮涌跃逐浮萍。
人家炊饭香三里，
野垌蛙声鸣五更。

乡村的一天，触觉、视觉、味觉合成了一首协奏曲。

月下送营光回莞

柳影萧疏月一钩，
红尘过客对离愁。
欲将心事轻轻语，
直到阑珊难起头。

离愁别绪，满腹心事，欲说还休。很多事情，不是不能说，而是不知怎么开头。

时光印象

人生处处竞风流，
误入桃园枉自愁。
明月不知春已去，
夜深还照旧枝头。

夜游桃园，很自然地想到了宋刘子翚《绝句送巨山》："明月不知君已去，夜深还照读书窗。"知己惜别会让人想念，时序轮转，也会让人心绪摇动。

想念妻子

负笈辞家已几天？

凭栏问月两回圆。

无情最是檐头燕，

日日分飞在眼前。

妻是中医专家，外出会诊已两月有余。责任重于泰山，唯有将牵挂付与诗词。

暮春感怀

片片飞花似剑芒，
年年此际割愁肠。
可怜客路多风雪，
流水云天各一方。

暮春，看到片片落花，自然就想到白居易的《夜雨》：“我有所念人，隔在远远乡；我有所感事，结在深深肠。”这世上不少两地情。但愿人长久，千里共婵娟。

寄西行友人

红霞褪去露沉沉，
思绪难平尽向金。
千里青山遮望眼，
流云朗月乱人心。

友人到粤西任职，经常下沉基层，鲜能回穗。吾想之敬之。金属西，意指粤西。

致妻子

露重舟横江自流，
中山谁晓是春秋？
一排鸿雁由南去，
惹起相思到埠头。

妻有治疗任务驻点中山市某医院，离家有日，想必她忙于工作，浑不知春寒秋凉。

附：

吴积彬君步韵

沧海曾经搏激流，
浮沉互勉度春秋。
鲲鹏金凤双飞翼，
枕上呢喃到白头。

观钓（一）

竹影萧疏柳几株，
渔翁垂钓冼村渠。
金钩入水漂儿没，
香饵前头有死鱼。

利益和安全不能并存，利益里面多半会隐藏致命陷阱。

观钓（二）

河边凉信欲成秋，
尚有渔翁钓逆流。
觅食鱼儿吞诱饵，
贪婪必定上金钩。

度，是一粒行为准星，过了就会产生后果。

观钓（三）

夏夜珠江遇逆流，
蜃楼海市水中浮。
渔翁垂钓雕栏岸，
贪食鱼儿易上钩。

人要有红线意识，要有火线敬畏，要有底线思维。

夜　雨

风唆冷雨打栏杆，
未寝诗人欲劝难。
今夜不宜吟绝句，
恐惊星斗落江寒。

多一分善意与包容，少一分寒心与责难，世界会更加美好。

邀文锋君诗会

记得今天邀俊才，
文房四宝早排开。
诗成半首由君续，
酒熟扶门待客来。

陈文锋博士，心存家国情怀，知识渊博，担当负责，务实求真。常相约于山水之间，任凭思绪驰骋，感怀青山绿水，寻找人生大卷答案。

题云飞君耕田照

犁尾尖尖尖上天，
桃花源里乐耕田。
逍遥好比蓬莱客，
不羡罗家万贯钱。

龙云飞先生拍得一张农耕美照，嘱我赋诗。蓬莱客，是元朝全真教掌教、王重阳徒弟、孙不二丈夫马钰的代表作。罗家，指世界首富罗斯柴尔德家族。

附：

张志君步韵

春到江南碧染天，
赶牛犁地细耕田。
仙家亦羡桃园美，
息作由然不问钱。

附：

邵政泽君酬唱

谁把青山送到家，
恰逢云水弄桑麻。
阿郎卸轭抚牛膊，
犁尾挑归一抹霞。

金甲满城

眼见将晴却转阴，
无人能解老天心。
春风枉做痴情汉，
踏碎黄枝满地金。

广州的城市美化体现在精致上，一个小小的角落，都会雕琢成微观景致。春秋两季，到处是金黄落叶，美得令人心颤。

黄巢有诗云：冲天香阵透长安，满城尽带黄金甲。

题风铃

企盼春君骑马来，
临门无赖却徘徊。
东风尚在青山外，
早有娇铃悄悄开。

郎骑竹马来，绕床弄青梅。春天是风这位暖男与铃这位软妹邂逅的季节，因而有风铃。祝福天下有情人。

附：

丰俊君酬唱

岭南四季皆春色，
萧杀隔在大庾崖。
劝君莫叹东风恶，
且送梅花香满怀。

山河欢歌

吟完绝句夜如何?
户外依稀曙色多。
莫谓红梅凋谢早,
春风十里总宜歌。

东西南北,梅兰竹菊,春夏秋冬,吟不尽的青山秀水,唱不完的家国情怀。

绛珠草

独倚荒丘寂寂开，
无人知自绛河来。
今年又是去年似，
空把红颜付藓苔。

踏青时，偶然发现一株绛珠草，静静地开在一个没有名字的荒丘边，看不出她轮回了多少次，但肯定能想起《红楼梦》里的爱情故事：绛珠草与神瑛侍者、林黛玉与贾宝玉。

春日与彦安君踏青

东郊天水洗污尘，
软草含烟景色新。
几片飞花沾绣履，
一轮耀日暖游人。

春风催发了生机，曦阳温暖了大地。阴霾已散去，行人可踏青。

花的品格

凭空邂逅一支花，
疏蕊依然带韶华。
宁肯含香枝上老，
不从败叶落尘沙。

人类很多科学技术都是从生物界学来的，叫做“仿生学”。这一支花的品格，是否值得我们学习呢？

盆　景

尔本擎天一劲松，
缘何流落瓦盆中？
平生淡薄纵横志，
斜倚雕栏畏朔风。

实现伟大梦想，需要无畏的斗争精神和勇气。畏惧，赢不了未来，赢不了人生。

附：

张志君步韵

立地擎天傲雪松，
奈何受绑困盆中。
体形虽改犹神气，
百景园林最惹风。

红棉赞

莫道今时无古贤，
英雄热血化红棉。
春风漫度珠玑巷，
一树妆成四月天。

红棉花是英雄花，也是广州的市花。广州，是一座英雄的城市。

附：

淑英君依韵

一树妆成四月天，
燃烧热血碧空间。
红棉喜作英雄赞，
初夏羊城谱续篇。

星座的故事

夜望天河见乱流，
星分两座隔三秋。
如何济浪随源去？
云外飞来一叶舟。

两个星座，流泪眼看流泪眼，断肠人对断肠人，不管多少次轮回，都未曾相拥相偎。缘，谁能说得明白？

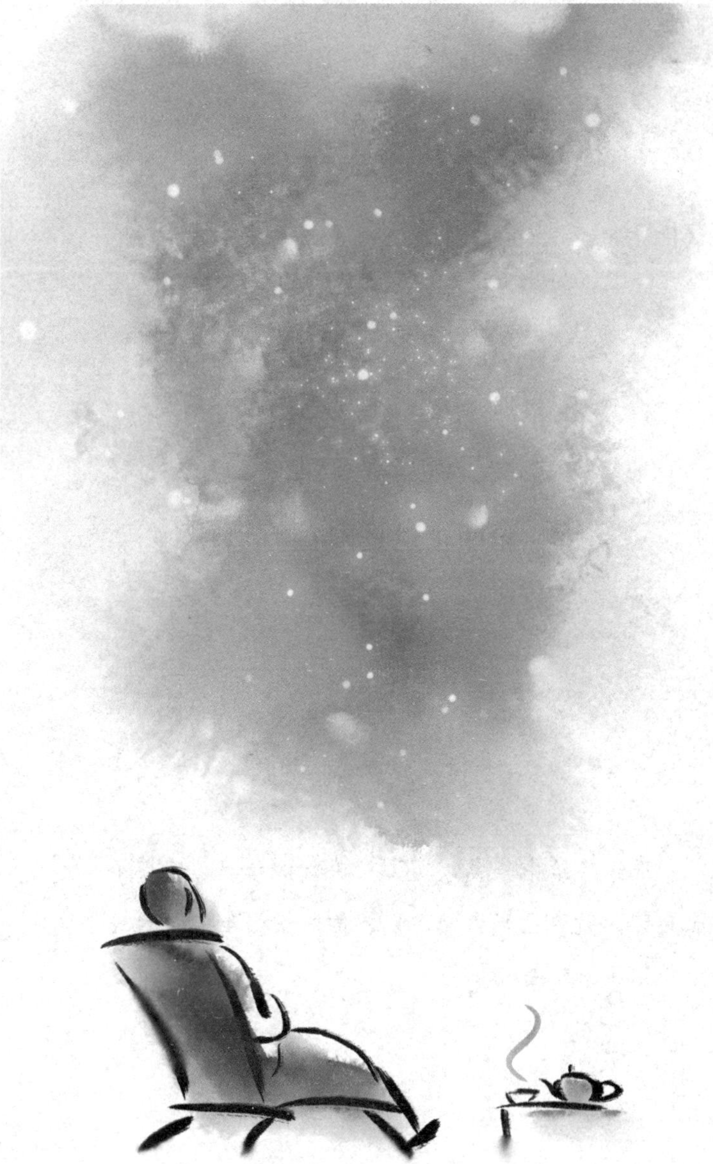

庚子年随想

寒云压境冻三津，
行尽长街未见人。
庚子何当都有恨，
轮回正道是阳春。

庚子年给中华民族留下了深刻的印记。旧事不应忘却，新事尤当重视，以战胜一切困难险阻的决心和勇气，赢得未来。

期待花开

人间何处有如来？
心至诚时魔自裁。
莫恨今春春不暖，
曦阳到后百花开。

万众一心，是一种力量，也是一种信仰。不要怕一时的黑暗与寒冷，暖阳总会在某一个早晨升起。

诗赠钟菱君

玉洁冰清惠且贤，
担当颜值胜天仙。
扶轺上塞金戈歇，
可保平安五百年。

战争让女人走开，因为在女人面前，再血性的男人都燃不起战斗的欲望。

诗赠亚剑君

男儿仗剑入红尘，
斩断凡根百段身。
意气持觞轻五岳，
眸光闪烁动星辰。

易亚剑先生大气、仗义、仁善，热心公益慈善，满满的正能量，满足了侠义的所有想象。

诗赠塞上战士

转眼西征已半秋，

几番圆月变吴钩。

男儿自古多豪志，

若个怂包万户侯！

男儿志在四方，军人志在战场。每一个人都有他履职尽责的位置。唐李贺诗：请君暂上凌烟阁，若个书生万户侯。

致张平君

当然二月要怀春，
日暖花开待故人。
莫被劳形遮望眼，
情心尽处是浮尘。

张平君古道热肠，踔厉奋发，为家乡无偿做了很多好事。

春光无限，春光苦短，日夜劳碌的人，趁春日明媚，暂时放一放手头工作，与亲人与故友聚一聚。

致二月

当然二月景葱茏，
空气充驰荷尔蒙。
柳叶凭娇撩绿水，
樱花恃宠戏清风。

春天，是一个可以让每一个细胞都感受到希望的季节。我愿意肆无忌惮地沉醉其中。

大美羊城

综治良方确可欣，
羊城风貌靓还新。
珠江碧水波波透，
天际银星点点真。

大美羊城，我生息的地方，怎么赞你都不过分！

题临江路冬卉

深冬毕竟百花杀，
何事奇葩过腊八。
日暖风平江水清，
紫荆粉粉杜鹃滑。

太平盛世没有萧秋寒冬，海晏河清尽是红情绿意。

附：

子奇君酬唱

莫道梅花惆怅客，
片片幽情别一格。
冷眼朔风欺凡葩，
纷繁曲疏迎新腊。

高楼琴声

琴声夜半出高楼，
拨羽挑宫说别愁。
孤影空房相对望，
曲终惊觉泪还流。

每个人的心底，都深藏一条最柔软的弦，一旦被拨动，就会发出颤音。

白云山红叶

红枫映照残霞晚，
夜寂惊星落谷空。
空谷落星惊寂夜，
晚霞残照映枫红。

白云山红叶美啊，翻尽词典，也吟不完她的绝色。

行者情思

客路思归怕遇春，
闻莺不见旧时人。
凭栏暗恨东流水，
洗尽铅华似老身。

人生就是一个行者，永远在路上。故乡、故人、故情渐行渐远……再远，它始终都在心中。

登广州塔

宝塔高高高入云，
传闻天地与中分。
登临可揽重霄月，
睥睨星河似帝君。

广州塔，俗称小蛮腰，塔身高454米，天线桅杆高146米，总高600米，建成于2009年9月28日，是广州市的地标建筑。

附：

李汉文君酬唱

宝塔穿云护大江，
朝潮晚浪送兰艭。
蛮腰体态多婀娜，
世上从来无一双。

儿时印象

走营挑尺点鸡猫，
割草看牛堀薯寮。
踏遍天街无意趣，
唯还农野最逍遥。

似乎什么都可以忘记，就是儿时的游戏记得最清楚。城市待久了，就想念乡村，有一点儿《围城》的味道。走营、挑尺、点鸡猫都是儿时最常玩的游戏。

怀念童年

衫䆉禾槁裤穿窿，
月夜摸营玩得疯。
荏苒光阴催白发，
无为再作小顽童。

每一个老人，都有一个童年梦。风霜，已经固化了躯体，唯有精神可以返老还童，是禁锢不了的。

心态，可以永远年轻。

同　桌

记得当初三八线，

柔荑敢碰手刀扇。

儿时无忌亦无猜，

纵是冤家应不变。

如果读不懂这首诗，就证明儿时没和女生同桌过。有些东西，当你拥有它时，你没读懂它；当你读懂它时，它已离你远去。柔荑即手臂。

航班延误

客里归心谁见怜，
机场枉候苦无边。
东风快与飞机便，
送到家门月尚圆。

吐槽航班是没什么必要的，一是因为延误是常态，二是安全为上是无可反驳的理由。人生的航班有时也有相似，又能如何。

旅京思乡

天街遥望水边村，
秋夜空思泪有痕。
漏尽书成何处寄，
数声雁语已销魂。

每个人心里都装着一个故乡，离家愈远，乡情愈浓。天街指首都。唐韩愈诗云：天街小雨润如酥，草色遥看近却无。

与贵叔驾车回粤西

树影婆娑景色迷，

浮云羡爱草花低。

吴川游子追红日，

直过阳西更向西。

长久离家的人，不管年龄多大，是男是女，归心似箭的心情都是一样的。

河洞农场访族弟

世外茅庐三两家，
塘前小径正芳华。
主人打酒才离去，
趁此空闲赏野花。

族弟冼智强胸怀广博，敬古崇贤，事业有成，返璞归真，兴建一个大农场，只为在大自然中洗心炼智。

老　牛

不知辛苦为谁人，
轭在肩头鞭在身。
及至龙钟心已碎，
可怜肝脑变馐珍。

深深记得小时候见到，老牛感知到要被宰杀，前一个晚上会流泪到天明，被绑时还会下跪。要善待有功者。

吊烈士小萝卜头

岁岁春风绿九州，
红岩英烈志相酬。
遥聆学子书声朗，
尤想当年萝卜头。

小萝卜头，原名宋振中，在敌人的监狱里长大，1949年9月，在重庆被国民党特务杀害，年仅8岁，是世界上最小的烈士。

昭君墓前怜元帝

栏杆拍遍叹青坡，
欲挟金戈过黑河。
假使昭君还旧国，
不登宝殿又如何！

可怜之人必有可恨之处。通过和亲来维护国家安全，只是一种权宜之策，唯有强军才是王道，军强国才安。

汉元帝其实比昭君死得早。

青春殇

秋菊初新惹蝶蜂，
蕙兰枯瓣挂篱东。
老夫心事如残蕊，
知否谁人酹落红？

花期更替、季节轮回，昭示着生命的态度。

江湖路远

昨夜三更雨夹寒，
无由敲我小轩杆。
江湖陌客心酸路，
万里红尘谁问安？

某夜将眠，接一失意故人电话，颇有感慨。人生不得意者十常八九，江湖路远，且行且珍惜。

七　夕

不恨天河恶浪频，
无情最是搭桥人。
年年此夜怜牛女，
银汉迢迢泪一巾。

王母、天河、搭桥者，究竟谁最可恨？如果没有鹊桥，牛郎织女是否就断了念想，安心过自己的生活而绝断痛苦？

遥寄林芝

羊城遥望嘎拉村，
秋夜空思泪有痕。
漏尽书成何处寄？
数声雁语已销魂。

听闻林芝嘎拉村一位藏族故人高原病复发，十分牵挂，祝他早日康复。

初秋心境

一轮红日沐江潮，
四野金辉透碧霄。
如墨阴霾吹去后，
更无春日胜秋朝！

秋风起，阴霾散，欣赏某医院王花博士所拍美照，心情大悦，由衷赞美大医精神。

美新娘

正品娇容掩月颜，
才惊四座更媄娴。
邻家稚子亦心动，
欲揽腰肢入臂弯。

梓红君千金出阁，父爱夫宠，成为世界上最幸福的女人。

珠江航标

一尊铁汉立中流，
潮去潮来几度秋。
惯看横行昂螯蟹，
常怜俯仰小方舟。

新时代的核心价值观，容不下威权喊打、横行霸道的行径。

偕家人自驾回乡

风吹金桂满城香，
打扮心情向夕阳。
更有老歌三百首，
天音伴我好还乡。

回乡看望老父老母，是每一个长假的小确幸。

小学记忆（一）

尝记当初课本新，
无由爱恨打钟人。
心先钟响奔门外，
游戏贪忘学子身。

步入村里的小学，一段段记忆扑面而来。最爽是新发课本的墨香，最爱是下课的3响钟声，最恨是上课的5响钟声，最糗的是课间贪玩，浑忘上课，被老师罚站。

小学记忆（二）

斗转星移四十年，
校园意象异从前。
当初倒数第三桌，
同座女神如水仙。

砖瓦结构的课室，已拆掉重建，只依稀记得当初的位置。不过，同桌的那位女生，她纯净爱笑的容颜依然历历在目。

耕者自乐

长空净净水汪汪，

白鹤悠闲贴稻翔。

放眼平畴皆绿趣，

谁曾醉品稻花香！

田野满眼的美景，只许耕者独自欣赏。

失恋女孩

露水因情化作霜，

繁华褪尽似茶凉。

寒风忍怨秋来早，

冻死春萌枉断肠。

一个女孩，在寒露这一天失恋了。站在萧瑟的秋风中，如春苗般发抖。不问前程的爱情，多半会夭折。

秋　愁

百里长堤景不多，
沉枝无语水无波。
秋风潜入临江路，
欲劫千花可奈何？

临江路的花带是网红打卡地，奈何很多花都抵御不了秋风的劫杀。秋若有心秋亦愁。

仲秋送善银君远行

单衣褪下着寒衣，

露重凝珠挂翠微。

今夜抱樽拼一醉，

不知何日故人归。

致渐去的凉秋和即将远行的朋友。醉了是否就不会伤春悲秋，就会忘记故人将会远行呢？

逛黄坡旧集市有感

曾记当初百铺开，
红男绿女共徘徊。
乌衣巷口今何在，
烟雨凄迷燕不来。

从前的黄坡集市，非常热闹，每个赶集日都人山人海，如今已经搬迁到别的地方，这里只剩下空铺老墙。

赞潮州

青山秀水美无边，
擘画宏方有续篇。
忽报粤东锣鼓响，
潮州处处庆丰年。

潮州位处粤东，是潮汕文化的发祥地之一。公元819年，韩愈因迎佛骨事被贬潮州，得到全城百姓的欢迎。

深圳特区赞

温润东风扑面来，
大鹏湾畔绣成堆。
而今新卷徐徐展，
更看鸿篇四十回。

1980年8月26日，全国人大常委会批准设立深圳特区。这一年深圳的GDP是2.7亿元，40年后，增长了一万倍，达到了26928亿元。

立　冬

莫怨西风吹不休，
今宵过后已无秋。
漫天雪冻少颜色，
欲笑难欢愁更愁。

怨天尤人似乎解决不了问题，试试直面现实，预判前路的困难，从中寻找破题方法？

与贵叔寻味鉴江

鉴江瑟瑟鸟低飞，
白目沙螺秋正肥。
回首去来三十载，
儿时味道已依稀。

鉴江，是粤西的母亲河，丰富的鱼产是两岸人家的主要经济来源。2013年在出海口处建设鉴江供水枢纽工程以供水给湛江钢铁基地，因此改变了鉴江生态，以前的白目、沙螺等名贵鱼类基本绝迹，再也找不到儿时的味道。

今夜霜降

冷月无端惹静秋，
难分难舍却难留。
可怜十月廿三夜，
梦降寒霜独自愁。

10月23日夜，霜降。寄给合合分分、离离聚聚的人，愿他们心暖如春。

秋之忧伤

又到一年十月头，
亦风亦雨亦烦忧。
满城未带黄金甲，
秋若有心秋也愁。

又到秋收时节，细数健康财富业绩，盘点爱情友情亲情，收获几何？

秋　殒

西风怒卷百花忧，
殒落残红付水流。
忍见芳枝日日秃，
谁人抵得不悲秋。

今夜风大，吹落了枝头的希冀，给秋抹上了一层淡淡的忧愁……

故人心上过

一轮明月半轮秋，
落入珠江水自流。
两岸遥相三万里，
思君不见盼飞舟。

这一晚，在二沙岛漫步，忽然想念南岸的一位朋友。算一算，应该有六年三个月又六天未见面了。

送　秋

西风渐歇北风生，
黄菊飘零青竹荣。
执手送秋秋不语，
回身微颤泪莹莹。

晚秋不语，但已回答了所有问题。盈亏、聚散、舍得、荣辱、否泰……人生就是一次对立统一的旅程。

题猎人坊

多情总被绝情伤，
一曲悲歌唱断肠。
再着羊皮终不悔，
甘心堕入猎人坊。

猎德村有个地方叫猎人坊，在猎人坊听刀郎《披着羊皮的狼》，特别有感觉。执着，是一种精神、一种信念、一种境界。有时，执着才会拥有未来。

立 春

客在他乡又一春，
菊花净尽柳花新。
劝君莫上广州塔，
望尽天涯不见人。

不容易的庚子年终于过去了。这一年，聚聚散散、得得失失，一切一切，都不重要。重要的是，大家都安康。

浅品陶渊明

老来常羡陶渊明，
心在南山身在城。
若得东篱一簇菊，
何须翠苑与梅争。

近读陶渊明，叹服于其高洁品格。人在刘裕幕下，却反对刘裕篡权谋反，身在人境却心隐田园，不争名利，不为五斗米折腰。

与庞贵君漫行忽感

十月花城日起迟，
长衫短袖两相宜。
金风尚在青山外，
世态炎凉秋不知。

这个晚秋的气温高得有些反常。秋将尽，叶未黄，安得雪飞炎海变清凉？

落　叶

浮生巧度百枝开，
衬托娇花甘剪裁。
六道因缘情未了，
红尘结业再轮回。

花的灿烂，是因为叶用生命去成全。

秋后木棉红

宫粉妆成艳满枝，
胭红一树压千奇。
心坚总有云开日，
莫怨秋光眷顾迟。

美好只会迟到不会缺席，秋后，宫粉木棉终于灿烂绽放。

不怨他人，相信自己，总有一片天空，属于你的星座。

天德广场脱单夜

活泼摊前烤肉香，
网红演唱凤求凰。
可怜天德脱单夜，
未见心中琢玉郎。

送给尚未脱单的朋友。珠江新城天德广场是个网红打卡地，这里的活动时尚新颖，是年轻人喜欢的场所。琢玉郎：苏东坡“尝羡人间琢玉郎”，指丰神俊朗的男子。

送小武君远渡

又送王孙过五津，
茫茫客路卷风尘。
从今暂歇开新酒，
恐到高酣思故人。

李小武先生是个工作狂，为了事业，时时离粤远行，甚至漂洋过海。懒惰的人习惯懒惰，勤奋的人始终勤奋。

秋日游海珠湖

宅在家中怎可知，
一湖碧水一湖诗。
枯莲不坠因思我，
许下来秋幽会期。

假日的海珠湖，游人如鲫，湖面波光潋滟，白鹤仿若惊鸿飞过；湖边数枝枯莲斜首沉思，不悲不喜，看不透她的心事。

题林芝

峰峦染蜡景初新，
日晒寒冬却暖人。
但有关山千里雪，
何须相惜一枝春？

大美林芝，心中的圣境。

烧　烤

马兆初春月上迟，

斜风带雨冻凝眉。

一炉美味刚刚熟，

爱入膏肓知不知。

正月沙螺二月蟹，我的家乡，二月是吃蟹的季节，一炉刚刚烤熟的膏蟹，让人垂涎欲滴、回味无穷。

夜读医书

忽生寸志学郎中，
莫使老时心自空。
一卷医经消寂夜，
管他窗外几更钟！

妻是中医，颇有名气，有时跟她学习国粹，也颇有些意思。王阳明讲，忙时心不乱，闲时心不空。有阅读习惯的人，多半心有寄托。

读史感味

富春江上钓鱼台，

闻道严光躲帝来。

无状空名轻似纸，

不如老酒两三杯。

严光，字子陵，汉光武帝刘秀同窗舍友。子陵不慕功名，为拒绝刘秀要他做官，躲在富春江钓鱼。柳亚子曾向毛主席诉苦，主席回诗一首，尾联：莫道昆明池水浅，观鱼胜过富春江，用的就是这个典故。

周日出差

闻鸡简李向东阳，
小雪无关客路霜。
千里去来天渐黑，
夜风送爽入车厢。

躺平？不可能的。小雪节气乘高铁从广州出行粤东办事，一天来回。

色季拉措的青松

江山笼统却多娇，
雪压松枝不折腰。
软骨何堪担大任，
脊梁挺起傲云霄。

冬天的色季拉山，大雪纷飞，雪压松枝而松却傲然挺立，仿似戍守边陲的士兵。

色季拉山在西藏林芝，海拔4728米，拉措是山顶的意思。

后 果

哪来岁月任消磨？
独对霜晨叹奈何。
着尽寒衣都不暖，
只缘心上已无他。

得不到的，永远在骚动；被珍惜的，总有恃无恐。

孤芳自赏

一朵娇黄嫩惹人，
含香藤上颇清纯。
孤芳指顾成尘土，
不结珠胎无二春。

阳台上种了几棵黄瓜，总见开花不见结果。没有果实就没有种子，没有种子就没有第二春。由此想到不婚不育的年轻人……

指顾：弹指间。苏东坡：海上涛头一线来，楼前指顾雪成堆。

读《菜根谭》小悟

万法皆空无可求，
因缘遇合有时休。
风穿竹叶声难驻，
雁渡寒潭影不留。

功成不必在我，功成必定有我。一个品德高尚的君子，在事情发生时，体现了他的担当负责；事情过去后，他又恢复了常态，深藏功与名。

寄雪婷老师

夜郎薄雪暗沾衣，
帘下娉婷似紫薇。
记取番禺春不远，
桃花初放好思归。

番禺幼教老师雪婷长期在黔西赫章支教，嘱我作首带雪或婷的诗。祝她平安顺利。

赠争庆君

纤纤玉手纤纤笔，
一笔秋光一笔春。
画里藏诗三万首，
篇篇留待有心人。

争庆君娴雅聪慧，退休后自学成为画家。她的画属治愈系，使人宁静、清凉。

乐做家庭煮夫

也想黄金亿万铢，
更曾立志学鸿儒。
深知无望成豪贾，
执勺安心做煮夫。

被王健林刺激到了，咱也立一个小小目标，做一个妥妥煮夫，只为夜归的亲人，有一口温暖。

民工泪

血汗沾衣又一年，
饥寒夹疾有谁怜。
掌中老茧空余泪，
未见儿孙压岁钱。

岁末，一位做泥水工的耳顺之年的朋友，向公司讨要工钱时，遭遇暴力，幸有政府部门介入协调得以解决。

厨房浅语

炒炸煎炆合大师，
油盐酱醋总相宜。
人生何似盘中菜，
苦辣酸甜各自知。

释迦牟尼在菩提树下证悟，王阳明在海涛中立学，我在厨房里品味酸甜苦辣。

题春花

盏盏新红渐满天，
随开随落亦随缘。
枕枝苦悟三千道，
一遇春风自觉禅。

春有百花秋有月，夏有凉风冬有雪。这是自然界的规律，也是自然界的道。自然界处处蕴藏着禅机，人生何尝不是如此？

离与聚

人生无日不离群，
旧岁新年一秒分。
回首相思空似梦，
重来往事已成云。

不觉又一年。时光里人总会有聚有散。聚，令人欢悦；散，使人愁伤。有些散，可以重逢；有些散，不可以重逢。由此想到了清黄景仁的《感旧四首》：别后相思空一水，重来回首已三生。

临江一景

莫道寒冬无激情，
新城古巷社风清。
红歌一唱心头热，
更有长天万里晴。

新时代，珠江岸畔每天都有人成群结队在唱红歌，一边唱一边有路人加入。

辛丑难迎

年关愈近愈心慌，
千里乡途日渐凉。
泪洗胸腔无异物，
层层叠叠是愁肠。

庚子年底，村里有个民工辛苦几年的工钱还没拿齐，恐难回家陪老人小孩过年，不禁感慨。

霜雪冻广东

桃符成对炮成花，
耄耋严慈发早华。
雪冻珠江船不动，
盼来除夕难归家。

2008年年初，连续几十天的霜冻，导致船不能动，车不能发，旅穗的人无法回家过年。

陌上春

城头春意已迟疑，
陌上桃花渐满枝。
不恨芳踪无处觅，
因缘到后是佳期。

“去年今日此门中，人面桃花相映红。人面不知何处去，桃花依旧笑春风。”崔护的爱情故事跌宕起伏，揭示一个道理，就是要有耐心有信心。

李树花开

记得当年行色仓，
归来一树李花香。
江湖客舍温柔梦，
三十三年长不长？

那年离家，东去求学，转眼三十三年，归来全是老人，李花依旧洁白芳香。珍惜每一天每一个人。

广平君家的玫瑰

鼎龙湾畔一枝春，
巧笑嫣兮不染尘。
细看红唇与睫影，
九分相似梦中人。

车广平先生是艺术型商家，对玫瑰情有独钟，创建了一个玫瑰元素的服装品牌。玫瑰代表爱情，手未牵，梦已成；心若定，风奈何？

致春天

点点新红满树侵，

枝头老叶却沉吟。

谁人肯借万能法，

证得春心是我心。

春心不老。每个人都有一个春心。

洛阳觅知音

春风初到牡丹新，
啜露餐阳不染尘。
自打诗仙归去后，
与吾推盏又何人？

每个人的意识里，都有一道精神篱笆，把自己与世隔绝，形成了孤独的本我。要赎回自我，升华超我，就需要冲破篱笆，寻觅知音。

赠营光

粤海青商奋且勤，
顺为意象确超群。
罗门代有才人出，
各占春光八九分。

罗营光先生不负青春，颇具奋斗精神，是年轻人的创业榜样。

题千岛湖

壮哉一水阔无垠，
传说湖中有鬼神。
舟子不知归岸远，
幸来智者点迷津。

千岛湖位于浙江淳安县境内，湖中大小岛屿1078个，面积982平方公里，是国家5A级景区。

告假归乡

日晒红臀始起来，
倚篱兰豆正斜开。
难能今日无公事，
决意邀邻饮几杯。

若无闲事在心头，便是人间好时节。

江湾眺望

几只沙鸥贴水飞，
长桥倩影抱堆埼。
行人入伏不嫌热，
雨过江湾洗夕晖。

珠江的江湾，美景荟萃，聚集了会展中心、小蛮腰、海心沙、海琴桥等标志性景物，是广州人生活和记忆的一部分。

果园随想

春风先我到瑶台，
点点新苞细细催。
病树从来无好色，
娇花争抱壮枝开。

强者值得崇尚，只有壮枝才会开出娇花；健康尤为重要，只有无病的果树才能结出硕果。

桃　花

满树深红点绿衣，
九分娇艳一分葳。
世间安得十全法，
长使英颜共馥馡。

心存善念，口有芬芳。努力做到最动人，若有遗憾，心也安。

风和花的故事

风哥持罼过员村，
误入春闺轻叩门。
醉眼问花花不语，
幽帘悄下梦无痕。

春风有意花无情，等闲了这个早熟的季节……

相思子

南国春花开满园，
独唯红豆最嫣然。
缘何同样风和月，
偏是相思一点妍？

唐温庭筠诗：玲珑骰子安红豆，入骨相思知不知。因为大多数人春节后即离别，所以春天是相思的季节。有情人望断天涯路。

送　春

青山长在水长流，
聚散难分喜与忧。
傻蝶不知春已去，
痴痴还恋旧枝头。

人不能总是活在过去中，珍惜当下，将过去打包，放在一个该放的地方。

题松山湖

小镇连绵荔一枚，
松山湖里秀成堆。
观音暗羡波光岸，
结伴飞临不想回。

风景秀丽的东莞松山湖，是华为小镇所在地，8平方公里的湖面波光潋滟，岸边水杉密密麻麻的气根，形似一个个送喜观音。

爱

阿难痴情化石桥，
风吹雨打任飘摇。
浮云梵语心头过，
五百年期许一朝。

阿难说，我愿化身石桥，受那五百年风吹，五百年日晒，五百年雨淋，只求她从桥上经过。

爱不需要定语，不需要修辞，爱就是爱。

绝处逢生

休言四月不成秋，
挟雨豪风翻旧愁。
往事终随残叶落，
新姿渐欲上枝头。

早上上班路上，一阵豪风，吹落一地枯叶，也吹去一缕旧事。希望往往生发于绝望。

阳台瓜花

一阵熏风一阵寒，
墙隅濡湿石阶干。
瓜花欲探春深浅，
爬上窗棂往外看。

阳台上种了几棵黄瓜，瓜花像关在屋子里的孩子，向往着外面的世界，一味想冲出围篱。

中秋寄嫦娥

仰向苍穹觅桂台，
嫦娥锦帐为谁开？
长将皓月嵌天顶，
不许流星入梦来。

据悉，中国已计划于2030年前后，发射两次火箭，实现两名航天员登月。期待祖国的伟大工程。

陌生的熟人

记得当初玉笛吹，
如今羞见旧弹词。
回眸未识伊人面，
空有相思似去时。

恨是爱的反面吗？答案是否定的。爱的反面，是忘记。

风蚀残丘

岿然傲立暴沙中，
铁骨铜肌怯鬼雄。
石剑风刀何所惧，
丹心钢胆意从容。

久经风霜的负重男儿，像极沙漠里的风蚀残丘，正在为静好岁月默默奉献。

野　花

青山远远水长长，
踏遍长街觅翠芳。
阅尽浮华千万朵，
独怜荒野一枝香。

清明踏青，四野满是各种各样的花草，生机盎然。久居都市，已经快忘记这一块天造的乡土了。

鹤地水库

白鹭优悠憩翠枝，
一湖春水半湖诗。
半湖心事随波漾，
马兆缘何得似时。

广东廉江鹤地水库，面积1440平方公里，朱德、陈毅、董必武、邓小平、叶剑英、郭沫若等领导曾视察过。鹤地水库环境治理很好，令人羡慕。

送达荣君远行

江云欲动浪初生，
潮送兰舟向海行。
水拍东堤摇塔影，
空余别绪合涛声。

刘达荣先生乃大国工匠，开拓了海洋事业，为一带一路倡仪做出重要贡献。

海珠湿地公园

绝品风光细细栽，
一畴翡翠胜珑珆。
小荷已露尖尖角，
未见蜻蜓飞过来。

万亩风光在海珠。海珠湿地公园风光旖旎，值得打卡。

难说再见

操场悄静露氤氲，
树影阑珊月隔云。
保重一声成噎语，
夜风吹乱紫罗裙。

多少人在那一声噎语后，或咫尺天涯，或山高水长，几年或几十年再未谋面。

渔民颂

横立潮头睨大洋，
涛汹浪恶任他狂。
丹心铁胆持天网，
撒向苍茫捉巨鳇。

逢山开道，遇水搭桥，敢于斗争才能敢于胜利。鳇鱼即大王鱼，大王指西方霸王。

信　念

电闪雷鸣暗虎罴，
江翻海倒浸穹陲。
东边日出西边雨，
时代风云我掌持。

假日开卷，正酣时，天降暴雨，有所悟。

邪不胜正

魅魑魍魉夜游行，
六合八荒神佛惊。
世道岂容邪压正，
钟馗剑下现原形。

文天祥：天地有正气，杂然赋流形。下则为河岳，上则为日星。于人曰浩然，沛乎塞苍冥。人若保持正气，则百毒不侵。

黄秋葵

曾是名媛动九州，
王公筵上喻良俦。
如今肥瘦无人问，
零落红尘独自愁。

黄秋葵已经过了噪热的时期，逐渐变得平凡，何似于时下的流量明星？

科场得意

寒窗十载展新姿，
又到科场竞技时。
笔底横盘春万点，
蟾宫喜折桂千枝。

高考是每一个人的青春记忆。

科场放榜

静午忽闻鼓一声，

科场放榜挂芳名。

寒窗十载书山尽，

才俊风流苦读成。

世上没有哪一种成功是不需要努力的。

工衣之美

雾锁珠江渐放明，
邑醒再听踏歌声。
从今退粉时装秀，
因觉工衣更炫情。

保洁阿姨，外卖小哥，白衣天使，人民警察……为广州的文明、美丽、安全、幸福做出贡献的各行种业的人，他们的工衣最漂亮，他们的人格最美丽。

咏　菊

独占秋光八九分，
蜂撩蝶诱献殷勤。
此身早已归陶令，
寡欲清心不入群。

专情、忠诚，是菊的品格。

英雄平凡

泼墨能成八阵图，
横刀可斩十方巫。
英雄只合沙场见，
卸下戎装一煮夫。

新时代军警，品高众人敬。上马击狂胡，下马草军书；沙场英雄气，厨房调羹香。

时代英雄

维安责任重千钧，
夜伏荒山待翌晨。
究竟英雄谁最似，
前锋擒敌便衣人。

时代需要英雄，时代呼唤英雄。

节后离情

离情未诉眼先红，
紧握衣襟不愿松。
此去随风三万里，
相思洒尽五湖中。

节日，既是相聚的日子，也是离别的时节。

渡琼作战

记得当年踏碧涛，
官军挥剑向临高。
放坡村里船工勇，
二十六员驱木舠。

1950年3月，解放军强渡琼州海峡，在临高一带登陆，胜利解放海南岛。徐闻角尾乡放坡村26位船工用小渔船送部队渡海，立下卓越功勋。

诗赠金森君

已是名流天下扬，
挎包还做读书郎。
勺园楼上人初静，
掩卷遥看夜未央。

刘金森先生是新时代大国工匠，事业大成，却还在刻苦学习，进入北京大学研读，是时代青年的楷模。

燕雀之志

斜飞直掠过新田，
一路衔春到屋椽。
未必非怀鸿鹄志，
弄儿扫席亦安然。

鸿鹄可以志在长空，燕雀可以志在田野。世界需要有人去拯救，屋子也需要有人去收拾。

自　勉

一眨春秋三十旬，
功名利禄当浮尘。
常于夜半穷经史，
淡薄私心学古人。

红尘练心，小有收获。

梦回中学

如烟旧事去难回，
偶有惊鸿梦里来。
月下梧桐曾记否，
相看不语两无猜。

月光如银，白衣胜雪，梧桐树下，两小无猜，眼含春水，相对无语……这是谁和谁的曾经？

楼兰怀古

寂夜萧萧古晋秋，
数声羌笛扰铜牛。
无情最是楼兰月，
偏惹游人起国忧。

置身于楼兰古国，在那厚重古朴的气息中，油然生出忧国忧民的情思。

升平乐

农人谁不盼丰收？
飓母惊心旱亦忧。
喜得风调兼雨顺，
平畴尽眼是金秋。

新时代社风清平，风调雨顺，正是干事创业的好时机。

附：

来向东君步韵

朝起天高一望收，
经年苦夏已成忧。
北来犹喜清凉日，
晚稻低头近仲秋。

华艺馆会伟明君

华斋翰墨满银觥，
把酒同君叙别情。
今夜愿如常夜醉，
莫挑宫角作离声。

林伟明先生宅心仁厚，善待天下，到来广州，聚于华艺馆。老友相聚，酽如一杯陈酿。

送故人赴任新疆

男儿竞志走西关，
把酒送君过荔湾。
此去青山千万里，
相思捎到好艰难。

援疆援藏，都是一种大爱。

野　趣

夏日乡村野趣多，
田边水岸绿婆娑。
风梳竹叶鸣箫管，
雨打松冠响鼓锣。

乡下的野景，真实、鲜活、有趣。

吴川工商座谈会

又见红棉吐嫩枝，
群贤毕至意相宜。
吴川喜报丰收日，
便是黎民气壮时。

粤西吴川，滨临南海，自然资源较为丰富，邑人纯朴、善良、勤劳。

荷中莲女

正是朱明藕熟时，
莲歌清韵透荷池。
等闲不与游人见，
除却东风低绿隅。

枚陈德宝花洲，是一个美丽的乡村旅游胜地。荷塘碧透，花田翻浪，蓝天滴翠，绿稻成茵。

独酌成念

冷月三分酒半盅，
醉看仙子渐朦胧。
相思何似昙花现，
一度春宵一度空。

某晚独酌，佳酿浓似思念，月影淡如欢情，忽见昙花绽放，一现即逝。莫非美好的事物，皆如昙花一现？

过微园

草软溪欢石斛开，
微园意境胜瑶台。
推扉客至茶初熟，
篱下灵龟款款来。

蔡叙群先生空中花园，虽仅280平方米，但兰草齐放，龟鱼自由。好一方养神的景致。

端午抒怀

云裳塔影照清流，

汨水珠波几度秋？

家国情怀谁与寄？

喧天礼炮起龙舟。

猎德村的龙舟湖，潜睡着多条龙舟，端午一声礼炮，龙舟昂起，激发民众的家国情怀。

舍得小探

芸芸万类尽卑微，
得失何须辨是非。
世事如同天上月，
圆圆缺缺有玄机。

月亮之所以能圆能缺，是因为它经历过无数次的日出日落。经历可以拓宽格局，可以正对得失。

释　放

放马由缰过大川，

纵容爱恨向天边。

人生若不疏狂过，

到老回眸愧少年。

秋高气爽，很多朋友远行，或香车驰骋，或寻幽探秘，或求学充电，释放青春魅力，展现少年疏狂。

题古福承

酱香漫透玉昆仑，
侠客挥豪一口吞。
仗剑江湖何所惧，
向天借胆五千吨。

观刘蒙将军画作，如饮名酿古福承般享受。刘将军是元帅之后，其画作自带军魂，豪放、大气、遒劲。

叶花之恋

红杏离枝蝶也愁，
曾经相拥度春秋。
迷途汝若还知返，
与子于归共白头。

网上一张花与叶的照片，透露了一个故事：花悄然离叶而去，不知所踪，叶翘首企盼花回心转意，直至生命尽头。

生　活

转眼寒来又一秋，
风花雪月确难留。
几多坎坷从容过，
三尺沟渠君莫愁。

生活不易，别人口中的容易，都是辛勤付出的结果。虽然不易，只要内心强大，也没有过不去的沟坎。

五言绝句

此心安处是吾乡

立春花未香，
霜降水初凉。
世界堪称大，
心安只故乡。

立春曾回故乡，现在霜降了。立春到霜降，离索又三季，乡愁多一怀。

惜　缘

彼岸不知处，
艄公一棹开。
渡人亦渡己，
相济到蓬莱。

三百年修得同船渡，八百年修得共枕眠。相逢相遇皆是缘。

古　渡

马兆南宫埠，
蓑衣摆渡人。
凭风归彼岸，
一棹乱星辰。

马兆古渡曾经是四乡八邻的通衢之渡，现在修建了大桥，古渡成为了人们的记忆。

思　念

谁怜南翥鸟，
一去无归期。
今夜寒风起，
问君知不知？

看飞鸟南去，想念远行谋生的朋友。

顺其自然

花落最伤神，

花开最惹人。

明知花会谢，

何必苦争春？

花开最美，花落最伤。苍天存大道，何必自烦恼？

借　道

野径人稀处，

悬空一串梨。

孤身攀不到，

何处借天梯？

孔明筑台借东风，得以火烧连营；匡衡凿壁借烛光，得以竟就伟业。要实现梦想，就要懂得借势借力。

无助的小鸟

寒风卷落花，
孤雀畏残霞。
一叫一回首，
迷茫不见家。

天黑之际，一只雏鸟，掉在路边，不见爹娘，哀鸣不已。

立　春

李白千杯少，

东坡半醉多。

万般皆可负，

春酒莫蹉跎。

今日立春。唐开元贤相张九龄诗云：松叶堪为酒，春来酿几多。不辞山路远，踏雪也相过。为一个全新的春天，干杯！

两朵莲花

岁岁愿从春，
迎风两瓣新。
同经生死劫，
相对不相亲。

东莞桥头莲塘，两朵莲花，咫尺天涯，相对相看不相拥。人间最大的遗憾，是就在近旁，同经生死却不能相爱。

躺　平

懒坐天桥上，
无聊猜号牌。
人闲心渐困，
何事可开怀？

三几闲人，半躺于天桥，猜过往汽车的号牌。心闲，是会令人懒困的。

心底的诗

腹有五车字，
吟成一卷诗。
心随鸿雁去，
不敢令君知。

又到毕业季，写一首婉约的五言，送给婉约的你。

雨中即景

娇娘如乱鹿，
急急过花阴。
衫比徽宣薄，
哪堪秋雨淋。

傍晚突来秋雨，见花城大道一薄衫女子急奔避雨，颇有喜感。想起了刘文正的《雨中即景》。

别

又送王孙去，

心空百感生。

幽兰不肯谢，

相伴度长更。

故人与秋同离别，秋待一年能相见，故人呢？

读《资本论》有感

利重交情薄，
人精城府深。
红尘遮望眼，
何处换真心。

资本的逻辑一是赢者通吃，二是竭尽全力。在资本的逻辑下，情是什么颜色？

新农村赞

夏至稻风清，
云开月正明。
更深无犬吠，
日晓有琴声。

乡下随处可见新农村建设硬成果，尤其是治安这个软成果更明显。过去农家养狗防盗，现在天下无贼，听不到狗吠了。

等一个人

白露湿风尘，

愁思寄五津。

幽篁灯一盏，

静候晚归人。

点一盏灯，等一个人。无论隔在多远的异乡，无论走在多险的陌途，这盏灯，都能为你指明方向，照亮回家的路。

与老舅畅饮

捋袖煮新醅，
相邀踏月来。
更深不肯别，
还座复擎杯。

假日邀寿南老舅小酌，共叙亲情。老舅自小外出闯荡，凭着睿智、勤奋、坚持，在深圳特区创下一番大业。

廊桥寻梦

浪拨海琴弦，
霞濡吉兆天。
廊桥寻旧梦，
风月两无边。

吴川吉兆鼎龙湾，彩霞、细浪、椰树、白沙、茅亭、廊桥，自然、美丽、浪漫。

致敬勇士

又见逆行人，
锵锵不顾身。
铁肩担大任，
挥剑斩瘟神。

广东省中医院的专家，不辞艰苦，不避生死，驰援兄弟省市救治患者。

遥寄黄鹤楼

昔日楼台上，
柔肠百转回。
只今人已去，
空有梦相随。

1927年，蒋介石悍然叛变革命，发动了“412”政变，大革命陷入了低潮。毛泽东心情沉闷，写下了《菩萨蛮·黄鹤楼》：“黄鹤知何去？剩有游人处。把酒酹滔滔，心潮逐浪高。”体现了他对革命胜利的坚定信念。

加班夜归（一）

空街向左弯，
挂露踏星还。
羡慕云中鸟，
凭高独去闲。

与守正坚持、砥砺前行、心怀梦想的工匠共勉。

加班夜归（二）

晚近饭将炊，
冬深月上迟。
归人疲惫影，
依旧吊空墀。

加班后，走在空街上，你会想什么？我会想，妻子准备啥好吃的？

重阳感恩

云台暖似春，
举手揽星辰。
拾级登高者，
感恩开路人。

今又重阳。攀登路上，感恩开路、指路、引路的前辈、师长。

思　念

堂内绿萱花，

村边青柳芽。

离离又一岁，

何日可归家？

萱草是母子相隔千里的牵挂，杨柳是朋友离别经年的忧伤。敬劝远行的朋友，常回家看看，常联系常相聚。

吾乡好民风

绿野似仙踪，
奇云欲化龙。
吾乡多俊秀，
世有好民风。

马兆是一个管理区，是最基层的地方，虽不算物华天宝人杰地灵，历史上也没出过名人，但她的民风朴实，没出过恶人，没发生过重大刑事案件。在这生息，心安。

重阳忆乡下亲人

无日不乡愁，

经冬复历秋。

何来下麓水，

千里接行舟。

重阳最易惹乡愁，客在他乡又一秋。

下麓指我村绕村而过的一条小河。

独自成愁

檐台滴夜雨，
滴滴落心头。
多少相思泪，
深更独自流。

在寻梦的时代，离别、异地，是时下的常态。愿有情人梦想成真。

雪

青山未着妆，
金桂亦平常。
但得人间白，
何求一段香？

真雪无香，但洁白不染。

知音难求

静夜相思起，

星辉照古琴。

有心弹一曲，

又恐无知音。

易得无价宝，难求知心人。

七言律诗

夜宿普陀山

草木青葱瑞气盈，
晨钟暮鼓佛音清。
空门开处碧涛入，
山雨来时绿瓦鸣。
香客声中知市远，
流云方外晓尘轻。
但悲我辈凡心重，
只解算盘难解经。

人无精神不立，心有铜臭则俗。

崖门怀古

宋时营寨现时滩，
铁炮苍苍石壁残。
潮涨还疑金角响，
月来始觉血钩寒。
君臣殉国无尊贱，
胜败兵家见易难。
芳径清溪春不老，
劲松深处有忠肝。

1289年3月19日，宋元惨战于此，忠相陆秀夫背少帝昺投海，谱写一曲忠诚壮歌。

一明君邀约秋叙

美酒一杯还一杯，
新朋老友聚成堆。
名媛叙旧轻轻语，
骚客联珠句句瑰。
秋意浓浓知夜暖，
星光熠熠见云开。
樽空碗净三更近，
执手勾肩不肯回。

陈一明先生追求卓著，气度不凡，他的松湖湾华美达广场酒店开张时，邀请了一批朋友到场共贺。

题张九龄

早有仙家兆相才，
梅关古道胜瑶台。
枝前皓月深深立，
苑上新苞悄悄开。
笔底横盘南岭意，
书中跃出盛唐魁。
红尘歌舞如生厌，
何不轻身照日来！

张九龄是唐开元贤相，716年主持开凿梅关古道，为岭南与中原文化交流和通商做出了历史性贡献。

五言律诗

赋得古渡思乡

结在深深肠，
不随流水殇。
船从心底过，
雁向眼中翔。
白昼多闲事，
更停尽远方。
谁知春梦里，
何处是家乡？

某年，在国家行政学院学习期间，学校安排到通州古渡考察，站在充满历史韵味的古渡上，故乡情思刹那通过通州运河，直下江南，来到家乡鉴江之畔。那一刻，仿佛见到我那老父老母正翘首远望……

做一回自己

物竞太匆匆，
无为与众同。
闲来寻古韵，
信步觅机锋。
把酒邀新月，
长歌咏落红。
功名霄汉外，
心事一杯中。

我的自白：当今社会，事物发展变化太快，思想追求不断更新，我啊，不必与某些人那样雕鞍顾盼、追求荣华富贵。还是放空自我，乐山乐水，在古风圣贤山水自然中寻找一份真谛与寄托吧。新月指新生事物，落红指逝去的事物。

题青商驿站

世上无公瑾，
人间有小乔。
松岗多故事，
驿站自逍遥。
酒向三分醉，
心随一脉跳。
不知今夕后，
何日是春宵。

陈文锋先生的青商驿站，山水交辉，书香荟萃，是青年企业家交流的平台。

农村生活

福地自应夸，
云边是我家。
清溪流雅韵，
古径点苔花。
老伯安牛轭，
村姑使草耙。
围餐星月下，
浅酌话桑麻。

农村生活，充满画面感，也充满质朴感。农人，在自己的世界里，做最幸福的人。

雅　聚

圈中多雅士，
曾约月圆时。
满座皆骚客，
三人有我师。
微酣催纸笔，
半醉语成诗。
韵逸华堂外，
来年更可期。

王杰、伟强、超华、汪泉、诗豪、黄鹏、庆伦、书睿、冠宇、清华……有一批文人雅士做朋友，是不可言表的惬意，谈笑有鸿儒，往来无白丁。与他们相叙，你不会听到关于资本的高谈阔论，不会见到商场的尔虞我诈。

雪窦山秋闲

日白开吟卷，
枝黄绘素秋。
风来深谷动，
露落妙台幽。
石凳竹边倚，
青云树上流。
欲眠书作枕，
梦里笑王侯。

宁波溪口是蒋介石的故乡，境内雪窦山海拔800米，是国家5A级旅游区。

跋

2021年。这是一个特殊的年份：伟大的祖国实现了第一个百年奋斗目标，在中华大地上全面建成小康社会。正是祖国繁荣昌盛、人民安居乐业，大事喜事接连不断，给我以歌唱的题材和欲望。自古都是乱世造枭杰，荣昌出文豪，特别是唐宋时期，文化发展到了新高度，产生了一批千古流芳的文坛巨匠。我虽算不上文豪，只是一个文员，一个业余诗人，但在中华民族发展到今天，在这个历史上最先进、最科学、最文明、最和谐、最幸福的时代，也情不自禁地引吭高歌。

诗虽只200余首，但都发自内心，饱含深情。结集出版前，都曾发在朋友圈，请求诗友雅正，不少诗友唱和了佳作，给拙集增色不少，这其中，尤其得到刘蒙、丰俊、吴积彬、张志、王杰、林华轩、钟菱、汪泉、张强等诗友的指教、鼓励和帮助，刘蒙将军还放下为他父亲刘伯承元帅撰写电视剧本《论兵》的工作，为诗集作了序并题写书名；诗书俱佳的林华轩先生，不吝笔墨，赠送七绝：字字珠玑句句新，清风明月醉群伦。灯前夜读茶诗韵，喜慰吟坛添凤麟。在此，我谨向他们，以及真诚帮助这本诗集出版的张燕卿、杨湛、周东、黄征、钟菱、汪泉、李永新、刘晓菁、鲁凯林、庄慧慧等老师，致以诚挚的感谢！

基辛格说：中国有着世界上最悠久最完整的历史文化传承，这是任何一个国家渴望拥有而无法拥有的重要财富。（《论中国》）中华民族文化渊远流长，这条文脉，在人类社会的发展过程中从未中断过，这是我们的文化自信。格律诗，是世界上仅有的文学体裁，出于尊崇古典文化、尊崇这个世界唯一，我严格按平水韵用韵，按唐律入格，个别地方也会遵从“词不害意”原则，但因水平有限，或许会存在谬错，至少“孤平”“三连平”“三连仄”是存在的。

因生活习惯的改变和文学思维的演变，以及我还不知道的其他原因，古诗词已不是当今文学的主要表现形式。或许，我只是一个孤独的舞者。但诗词毕竟曾经是中华文化的经典，自有它独特的韵味与魅力。宋严羽说，唐人好诗，多是征戍、迁谪、行旅、离别之作，往往能感动激发人意。（《沧浪诗话》）清金圣叹说，诗非异物，只是人人心头舌尖所万不获已，必欲说出之一句说话耳。（《与家伯长文昌》）意思是诗是表达内心世界的一种语言。人不可能没有精神、没有思想、没有表达欲，所以，我希望，在这个弥漫着浓郁古韵的舞池中，多出现几个舞伴。

此刻，中华儿女的脚板，正踏在历史的交汇点，前看得见古人，后看得见来者。新的伟大征途，需要多元文化作为精神动力，我愿与读者诗友们携手行进在中华民族伟大复兴的征程上，为国之大者一路高歌！

冼冠华

2021年10月1日于品墨轩